唯有清澈的孩子
可以教育我们

杨子 著

天星诗库·新世纪实力诗人代表作

杨子诗集 1990—2018年

山西出版传媒集团　北岳文艺出版社
BEIYUE LITERATURE & ART PUBLISHING HOUSE

·大原·

图书在版编目（CIP）数据

唯有清澈的孩子可以教育我们：杨子诗集：1990—
2018年/杨子著. 一 太原：北岳文艺出版社，2019.7
ISBN 978-7-5378-5928-8

Ⅰ.①唯… Ⅱ.①杨… Ⅲ.①诗集 - 中国 - 当代
Ⅳ.①I227

中国版本图书馆 CIP 数据核字(2019)第 107153 号

唯有清澈的孩子可以教育我们——杨子诗集（1990—2018 年）

杨子◎著

//

出品人
续小强

策划
刘文飞

责任编辑
左树涛

书籍设计
张永文

封面水墨作品
杨子

印装监制
巩璠

出版发行：山西出版传媒集团·北岳文艺出版社
地址：山西省太原市并州南路 57 号　邮编：030012
电话：0351-5628696（发行部）　0351-5628688（总编室）
传真：0351-5628680
网址：http://www.bywy.com　E-mail：bywycbs@163.com
经销商：新华书店　　印刷装订：山西臣功印业有限公司

开本：787mm×1092mm　1/32
字数：176 千字
印张：6.875
版次：2019 年 7 月 第 1 版
印次：2019 年 7 月山西第 1 次印刷
书号：ISBN 978-7-5378-5928-8
定价：36.80 元

目 录

I 蓝花（1990—1994）

III 另一个沙漠(2000—2009)

IV   与那个最不像诗人的家伙喝一杯（2010—2018）

I 蓝花

（1990—1994）

乡村之夜

我走在清凉的月光中
那么快乐，那么舒畅
农舍、麦田和墓地
在无须言辞奉承的大地上
睡得那么安详

酒鬼回家，踉踉跄跄
正好走了反方向
两匹大马飞奔而来
马蹄在石子上敲出火星

庄稼轻轻摇晃
月亮升起，看着我
我像被念了咒语一样
惊呆了

老妇人点了一根莫合烟
火光把她的脸
她脸上的皱纹照亮

我走在清凉的月光中

玉米地哗哗响

渠水哗哗流淌

在无须言辞奉承的大地上

一切是那么安详

1990

时　间

时间的铁盔压住我的前额

时间的飞鸟纹丝不动

麦芒颤抖

尘土飞扬

一只残忍的手

在给柳树剥皮

亲人的身影尘土中跌倒

刹那间

我将水罐打得粉碎

1991

水

她在大地上奔跑，
她在人世间流淌，
把我引向光辉的城镇，
把我推进黑暗的囚笼。
聪明的水，
多情的水，
肚皮紧缠着我，
她让我下水，
像个荡妇，
她让我下水，
让我和她一起
向着陌生的远方奔跑。

石头对我说，
爱上水，你就要死了。

我听见那么多人哭喊着
拍打一扇铁门。

1991

影子的深渊

绝望中我像一阵烟
悬在土丘上面

我们这些呆子
被命运弄得一会儿哭一会儿笑

苍鹰在天上飞
苍蝇在眼前飞

我扑向我的阴影
我以为这是亲爱的过去而它是深渊

我听到泉水但眼前
只有火红的岩石

安静，你紧抱在怀里的这个那个
仅仅是寄存在你这儿

一头广告熊走过大街
向每个人招手

愚蠢太多了
愚蠢太多了

你怎么也不能走进灵魂的领地
我也进不去，我们都要耐心等待

等待月光下的豹子，飞雪中的豹子
等待眼睛像鹰隼的人

一眼看穿我们
让我们自惭形秽

你知道，我一直糊涂
一直在这座野蛮的城里走来走去

野蛮不在于它的刀子
也不在于它的花朵

在于俊俏的眼睛背后的虚空
在于美得让人发疯的海市蜃楼

1991

忧心忡忡的水域

我已来到忧心忡忡的水域
我已不能回答你的呼唤
我的声音被波浪的嘈叫淹没

不想回到那里
不愿加入这里

我已来到忧心忡忡的水域

1991

观察乌鸦的十三种方式

一

乌鸦用唯一的方式观察我们，
——死亡。

二

为何我最惦念的
反而是最害怕的你——
身穿丧服，
帝王般走在乱石堆上？
为何我一直看着你
直到你飞逝在月亮里边？

三

骸骨的收藏家，
死神的表弟，
你在窗外走来走去，
有时干脆坐在我们中间，
像是家里的一员。

四

早晨我推开门，

看见你站在高高的树顶，
巨大，威严，
不动声色。
你的语言是雪地上野蛮的
阴影的语言。

五

哦，念经的喇嘛，
你可知道
它会让这片土地寸草不生，
它会掏空我们的血肉和思想，
就像有人放光喷泉里的水，
露出丑陋的水管和电线？

六

牛角上的隐士，
岩石上的漫游者，
紧握黑色电线，
纹丝不动。

受到怎样的威逼，
你们开始迁徙，
离开精神分裂的城市，
离开人的气味、人的愚昧？
告诉我，乌鸦，

一枚金币真的毁了那么多人?

你不说。
窗帘在动。

七
大地，谁能像乌鸦
像漆黑的乌鸦一样
爱上你无际的荒凉?

八
乌鸦就在门外，
沉默的张力
几乎将大门撕裂!

九
一只乌鸦在树上是一种风景，
十三只乌鸦在树上是另一种风景，
一百只乌鸦在树上
令人不寒而栗。

十
潜入麦地的乌鸦，
住在暴雨里的乌鸦，
对着玻璃门照镜子的乌鸦，

我们做爱和谈论神灵时窃笑的乌鸦，
窗台上从容踱步的乌鸦。

十一

乌鸦的家族飞过黄昏的天空，
翅膀拍动的声音，
桥下流水的声音，
随后的寂静意味深长，
这时最好不要去动你的女人。

十二

一个男人和一个女人
是正剧；
一个男人和一只乌鸦
是哑剧；
一个女人和一只乌鸦
是喜剧；
一个男人和一个女人和一只乌鸦
是悲剧。

十三

又在吃我的种子，
乌鸦！
又在盯我的女人，
乌鸦！

又在把时间的巨石往坡上推，

乌鸦！

乌鸦，乌鸦，

你用唯一的方式盯着我，

——死亡！

全部的乌鸦加起来

必定是死亡——

太黑了！

1991

每年都有更多的石头

每年都有更多的石头来到荒凉的大地
更多的玫瑰
更多的蛇

一道闪电运来一车皮铁钉
一阵黄风把我吹到噩梦的大街

我是一个滴酒未沾的酒鬼
我是被车轮碾过又复活的蝎子
在大路中央举着愤怒的螯
我是冲下悬崖的轮子
我是疼痛的腰
在火焰和湿气中变成绝望的蓝色

我看见天花板上的蜘蛛
挥动拳头向我奔来
屋顶的孩子尖叫一声
跳进汹涌的河流

1992

颤动的眼睑

雨的箭镞射向地面
绿色摇曳
黑色翻涌
白杨树的叶子翻过来
哦，高贵的银色！

飞舞的黄蜂无影无踪
歌唱的黄蜂

黝黑的大树
孤单的行人
巨兽般的卡车令人惊愕
一切都湿透了
一切都像梦

雨停了，我去找那只黄蜂
我的鞋子在雨水里啪嗒啪嗒响
我在水洼里看见春天
无边的绿色眼睑
颤动

1992

祈祷星光

星辰在湿透的树枝间颤动
野兽的气味若隐若现
马背上的人紧盯着前方
眼中的疯狂磷火般燃烧

亲爱的灰尘，亲爱的风
眼下我们还不能死
拔出脚上的刺
我们重又上路

黑暗从山上下来
星辰潜入密林
十二月的寒气
浸透虚弱的躯体

出来吧，星辰
我们推开树枝和它的阴影
喝退四周恐怖的幽灵
向着迷蒙的河面喊叫

神秘的台阶布满苔藓

旋转而上
犹如我们印着古怪刺青的
盲目的躯体

猫头鹰飞过营地上空
我们睁着眼睛睡
不让邪恶的猛兽
潜入脆弱的灵魂

1992

春　雪

怎样的精灵
飞过久病的花园
占据了池塘、绿树和庭院
占据了天空、眼睛和心灵
春雪啊
你是怎样清洗了噩梦的污渍！

人们在湿透的路上相遇
微笑，点头
伤害的手羞怯地藏在背后
哦，仁慈的天空
你放出怎样的精灵
来抚慰这些快要从脖子上飞出去的头颅！

春雪划出神秘的小径
池塘上的雾
肩胛深处的疼痛

我蹚水回家
天空映在脚下
——无边鄙夷的眼神

1992

用大地之盐清洗

一

光阴的寒霜

落在徒步旅行者的身上

落在一动不动者的脸上

这烧焦的石头会不会是花朵？

这废弃的帐篷会不会是我的家？

我把我的名字拆开

我感到我的身体也拆开

风暴之盐冲进来

二

一次次梦见我从狂奔的队伍中溜出来

又被黑色的激流卷走

这是我的命——

在人世的大道上狂奔

和你们一起争夺新的羞辱

谁在路边鼓掌？

谁看着我被激流卷走

一声不吭？

三

金钱啊金钱

你是今天的大神

也是过去和未来的大神

你被上班的钟声

和密室里的嗡嗡声

打磨得闪闪发光

你征用我们的身体

我们的命并且得到我们同意

你从巴黎飞到上海

从郊区飞到市中心

你运送的不是煤炭和土豆

你运送的是欲望和头颅

四

我不会加入白发苍苍的

傲慢的队伍

不会加入眼神阴郁的

疝气患者的行列

不会坐在同谋者的牌桌上

跟他们插科打诨

我总是飞快地出门

避开熏人的气味

买几样必需品

又飞快地回来

我把我的名字拆开

我想看到另一个我——

一个任何大神都不可征用的我

电灯恐怖地看着我

洗牌发牌

牌桌上除了我

没有别人

五

古老的命运还在血液里作怪

有时我根本不知道

我想挣脱什么

但总有一天

我会用大地之盐

清洗世界留在我身上的

丑陋文身

总有一天

我会把这一文不值的羞辱

丢进垃圾填埋场

1992

"飞奔的羚羊冲到悬崖边上"

一

飞奔的羚羊冲到悬崖边上

戛然而止

多机警！

蜗牛爬上我的窗台

可爱的小东西！

鹰在天上盘旋

在更高的空间

裁判给奄奄一息的人读秒

二

我们在梦魇中

拼命跃出水面

咚咚，咚咚

阴沉沉的鼓声

蒙住沸腾的大地

咚咚，咚咚

魂飞魄散的鼓声

三

我爱这沸腾的生活

我爱这高高低低的人间

我害怕红色的云、深陷的路、高耸的桥

我担心粗暴的手指捅破大梦的窗纸

而鼓声，铺天盖地的鼓声

咚咚，咚咚

咚咚，咚咚

令我不寒而栗

四

压着我的这块石头

是谁的幽灵？

母狼在对岸奔跑

温柔离我而去

哦，蜗牛，蜗牛

窗台上的蜗牛

这么慢，这么从容

你的存在

是对我无情的讽刺

五

只和孩子们在一起

只羡慕蜗牛的速度

这样的人

我还没见过

每分每秒

抑制自己

紧随圣洁

这样的人

我还没见过

我只见到貌似的金刚不坏之身

一夜间败坏

我只见到庙门大开

金钱和人头的洪水涌入

而鼓声，阴沉沉的鼓声

咚咚，咚咚

咚咚，咚咚

令人魂飞魄散

六

如果我们永远昂着倨傲的头颅

如果我们用全部的光阴愤恨痛斥

如果临终我们的手仍然眷恋

肉的酒杯、肉的郁金香

我们只能在梦魇中啊

无法跃出惩罚的河流

七

总该有个局外人

心无一念地看着

发出会心的微笑?

总该有个觉悟的人

最先听到这笑声

放下手中的暗器?

天网恢恢

鱼在跳跃

天网恢恢

羚羊飞奔

总该有个零度的人

一个从容咀嚼生活之蜡的人

在一旁看着,笑着

既不赞成,也不反对?

飞奔的羚羊冲到悬崖边上

戛然而止

1992

微风中的蓝花

一千座山发着低烧。
多可怜，悬在树林的烟
不能升到天上。

微风中蓝花点头，
它在说着它的快乐，
它不理会人间的悲苦。

1993

藏　北

破碎的岩石，积雪的条纹，
那些小手一样晃动的蓝花
是怎样迎接夏天的风暴的？

乌云的城堡后边，太阳熊熊燃烧。
云的阴影，比十个球场更大的阴影
将一座山、两个湖泊
三个去冈仁波齐的香客
罩在里边。

暴雨降临之前，小小的蓝花
挥舞可爱的小手，摇响神奇的铃铎。

1993

壮　丽

红色大地的餐桌上
停着圣洁的白云。

一动不动，鹰在天空。

怎样的法力
造出如此神奇的风光？

在西藏，在宏伟的西藏
我们渺小得像巨人牙缝掉出的
一粒青稞。

1993

"谁的前世是这只鹰?"

谁的前世是这只鹰

云中盘旋

风暴中搜索?

可怜的家伙,

他如何在云中安家?

他如何一动不动

将笨重的身子

悬在半空?

他吃谁的粮食?

赢得谁的喝彩?

他向峭壁飞去

又猝然掉头

箭一般射向太阳——

大地竖起!

巨石隆隆!

1993

蓝　花

缺氧的吉普抛锚了，
在"老子"大坂。

我们下车，
慢吞吞走几步，
立刻喘不过气来。

鹰在峡谷里盘旋，
像被废黜的国王。
那些蓝色的野花
是掉在高原上的星星！
现在它是宝石，是眼睛，
是无能的大地渗出的泪！

离家四千里，
我呼吸缺氧的空气。
在着了魔的蔚蓝里，
我的肉体几乎是我的灵魂，
几乎是一滴露水，
没有任何负担。

1993

冰 河

我在午夜动身，
去拜访黑暗的冰河。

我看见星星在天上舞蹈，
像快乐的白羊。

无边的混沌中
那些裸体、多刺的树
像眺望母亲的孤儿
站在一起。

对岸是怎样的国度？
夜鸟，它警觉的啼叫让我的血液着了火。

旋转的星星一闪一灭。
在呼吸，
在舞蹈。

谁比这魔幻的场景活得更久？
这星光和鸟鸣此起彼落的高地，
这没有人类愤恨地吐唾沫的荒原。

天亮时壮丽的夜色消失，
冰河滑入看不见的深谷，
石头无法回到原先位置，
我的喉咙里满是星光和冰的甜味。

1993

冰　山

冰水中的码头……闪着银光的淤泥……

厄运迫近……满眼都是破碎的闪电……

……火车头歪倒在烧焦的荒野……落日带走

红色的屋宇……黑狗看守废墟……

……潮湿的雾……雾中的盐……轻轻地

擦着我的颧骨……我脸上的愚蠢和悲伤……

淤泥中翻滚的斧头……失魂落魄的燕子

无人驾驶的货轮，满载梦呓和颤抖的牲口……

它们的大眼睛像一曲天真的哀歌……

……心灵的通衢大道降了半旗……宽恕，但不可忘记……

坚硬的雨飞进眼眶……命运肮脏的影像……

冻僵的血块……无人拥有无人擦洗的银器……

心灵的总部开始迁徙……无人祝福……

大冰反射天空恶意的光芒……

唯一的方向，唯一的道路。我在冰水中看见什么？

谁会把这惩罚当作遗产拿回家？死亡的泡沫

骤然升起……是必须喝下去的药吗……我们在尘世的影像

刹那破碎……散落在无名之地……没了人的轮廓……

失魂落魄的燕子……大雨滂沱中走着最后的女人……
……她的蓝头巾在正午的黑暗中一闪……松松垮垮的
码头……向着最北方……向着我们终将变成的冰山
……唯一的真实……最终的奖赏……漂流……漂流……
……看不见……听不清……

1993

荒　凉

麦地里堆着巨大的冰块，
大路上挤满报废的汽车。

月亮，你可曾游历过
比这儿更荒凉的地方？

在死气沉沉的教室里读书，
我还没明白书，生活是生活的道理。

我在暮气沉沉的天色里走，
看见恋人们在冷风中拥抱，在拥抱中变成石头。

街心花园里的青铜雕像
死死盯着前方——

他会不会举起手，
将冻住的喷泉打碎？

一个很像太阳的东西停在城门上，
发出凄厉的尖叫。

月亮，你可曾游历过
比这儿更荒凉的地方？

你可知道，这是史前，
还是我们死后的时光？

1993

烟气弥漫

烟气在十二月的林中弥漫。
鸟的回声划出心电图的曲线。
你看见白天温顺的石头
全在做鬼脸。

月光下的人类在山坡上挥手，
在洼地里哭泣。
幸福或者不幸，
他们已经忍受太久。

一地碎冰闪着幽幽蓝光。
烟气弥漫，忧愁震颤。
大地上的可怜虫
滚回各自的囚笼。

1993

我要飞去

通往北方的道路，一根白骨头。
在一切都会结束的寒冬，
轮子出了毛病。

蜗牛冲出温暖的炉灰，
"我要飞去，像一只山鹰。"
歌唱的蜗牛没有翅膀。

顶着冰雹前进的男子也在歌唱，
"我要飞去，像一只山鹰。"
通往天空的道路，一根白骨头。

1993

Ⅱ　更深的孤寂

（1995—1999）

看　见

闭上眼我就看见那些树，
那些快要烧焦的树。
我听见它们呼喊。
它们要到旷野上
去死。

闭上眼我就看见
蝎子穿过火焰，
向我们挥动邪恶的螯。
悲怆的脸在火光中升起——
我们的脸！

1995

十二月的天空

漂浮在十二月的天空，
太阳，肥胖的白金。
伸向虚空的手
得到虚空。

无轨电车像老龟
在人间慢慢爬，
一言不发
碾过看不见的
栅栏。太阳慢慢走，
几乎不走。
而我倒退，
而时间迸开——
一块干透的马粪！

1995

无花果

走在往事的阴影里，
身前身后，旋转的光，
金色的、黑色的光。

痛苦曾像石块一样，
像刺破胸膛的肋骨一样，
现在，无花果一样柔软。

我的亲人、我的仇敌
在窗户后边，
看着我走过去。

身前身后，旋转的光，
黑色的、金色的光
令我晕眩。

痛苦曾像石块一样，
像刺破胸膛的肋骨一样，
现在无花果一样，含在嘴里。

1995

更深的孤寂

更深的孤寂开始了。
鸡蛋竖在桌上，
几乎可以听见里边
悲剧的心跳。

沿着冰冷的海岸，
亿万种子漂流。

你在深夜鞭打公狗，
你把过于旺盛的玫瑰
统统拔掉。

更深的孤寂开始了。
你无法藏起你的屈辱，
无法假装爱上这暗淡、这平庸，
只好躺在那儿，
一动不动，
像个空壳，
听见悲剧的心跳
在更大的空壳里响起。

1995

在那个名叫塔哈其的乡村

春天，在那个名叫塔哈其的乡村，
土墙会抽出蓝色的叶片，
杏花，就像女孩的眼睛，
在蓝天里闪烁，笑盈盈。

傍晚，去电影院的土路上，
一个快乐的人向所有的人打招呼。
他醉了，流露他的真心。
男孩倚着路边的白杨，
仰起脖子喝酒。
老妇人猛吸莫合烟，
蓝火苗跳起来，照亮她的脸
——一块刻满经文的树皮。

年轻人唱歌、调情，
酒鬼怒吼、奔跑，
然后脸朝下
趴在渠沟里，
睡着了。
女孩们尖叫着，
躲闪着，

眼睛笑盈盈，
就像绽开的杏花。

就像满树的杏花，
早晚都会飞走，
让男人们痛苦。

有时，狐狸会来和我们中的
某人幽会。公马会在院子里嘶叫，
弄醒愤怒的女主人，
她会把蠢蠢欲动的男人
打到炕下。

早晨，空气中有着淡淡的
土的骚味。

在那个名叫塔哈其的乡村，
他们没完没了地喝酒，
没完没了地开会，
没完没了地生儿育女。
他们喝着幸福的白酒，
脸朝下睡在路上，
怀抱着大地的骚味，
梦见了无边的杏花。

在那个名叫塔哈其的乡村

我待了一年，

谁也没来看我，

但城里会有来信，

让我想起，

我终究属于另一个地方，

另一种生活。

1995

姑　娘

在你的膝盖上，姑娘，

在你的睫毛上，姑娘，

春天的花粉落下又落下。

春天在你的赤脚旁燃烧。

春天的污水

把追赶你的龌龊带走了。

春天喷涌的污水

流过你的身体却不能

把你弄脏。

你很美，

也很干净。

你有一把木梳

和一面小镜子，

但他们总是问你

有没有处女的宝贝。

他们很冷酷，

从来不让别人占便宜，

这还不算，他们还想

占你便宜。

你很美，

也很干净，

不向任何人抛媚眼，

他们都看见了，

他们害怕，所以迟迟不来。

他们和影子亲热，

抱枕头睡觉。

别理他们，姑娘，

你有你的未来，

不那么干净，

不那么美丽，

但那是你的未来，

谁也不能夺去！

1995

飞雪的清洗

灌木咬住道路，
大雾活埋村庄，
无赖汉鞭打公牛，
我看不见你，太阳！

懦弱在黑暗中
窸窸窣窣。
漫天飞雪
清洗万物。

1996

"在一个荒诞的舞台上醒来"

在一个荒诞的舞台上醒来，
和陌生男女同坐一条长凳，
等待一杯水、一个凳子、
一个恩人的降临，
他会给我们安排称心的工作
和一个前途未卜的婚姻。

但是请问，我可以吐吗，
在窗明几净的大堂？
在高贵的汉白玉上？
我还是回我的狗窝吧，
去收割自己的利润——
孤独的银子、妄想的黄金！

1997

"鸟儿一样鸣叫的落花"

每到黄昏，
我看见无数骑自行车的人
驾驶小汽车的人
徒步穿过大桥的人
被下降的黑暗吸住。
而那个多情的家伙
徒然地要抓住空中
鸟儿一样鸣叫的落花。

1996

"街灯一盏盏亮了"

街灯一盏盏亮了，
仿佛哑巴开口说话。
银行门口的狮子
凝固在悲痛的暮色中。

胆怯的人，不要伸手，
不要应答温柔的呼唤。
那些藏在鞋盒里的鬼
正在打着你们的主意。

橱窗里的婚纱
披在木头公主身上。
金发的异国公主
大眼睛瞪着天空。

巨大的露天电视屏幕上，
股市跌落，跌落，一个月了。
年轻人凶狠地推开女友，
风一样跳上迎面开来的公交车。

家家户户的灯，亮了。

生活像钻石一样闪光。

在这个无神的国度，

到处是神的恩惠、神的惩罚。

我钻进金融大厦电梯，

感到自己麻雀般渺小。

我是个有心脏有热血的东西，

上升过程中，我离无边的虚空这么近。

1996

瘦狗岭

瘦狗岭。邮电局。打电话的人，天南海北的口音。水果稀奇古怪——龙眼黄皮菠萝蜜。体育学院高大女孩的肌肉。到处是出租屋和招牌。小姐黑衣黑裙，眼里闪着火苗。民工路边流口水。我们散步时相互追逐、撕咬，交欢的老鼠，突然滚进下水道。伪善者把小姐赶进冬天的池塘——昨天她还坐在摩托车上，满脸笑容。昨天她还挺着胸脯从乡巴佬中走过，对他们不屑一顾。

1996

无　题

深夜，
灯笼散发节日的余温。
嘴巴涂得猩红的人
死狗一样躺在地上。
当大车驶过，
整座建筑颤抖——
一具布满神经的肉身！

突然，几头猪的惨叫
刺刀般捅入黑夜肥厚的脖颈——
它们，在去屠宰场的路上。

1999

蛇形道路

命运将我卷入蛇形道路。
十年，二十年，始终在
看不见的转折和屈服中，
始终在前进，蜗行或疾驰，
我那孵育在鸟巢中的事业
还没发出它的第一声啼叫。

雨点打湿珍贵的诗篇。
不能再读下去了，
我在屋里已经太久，
把我从幻想的云彩上
放下来吧。

从干燥的北国
跳进南方黝黑的木桶，
像一只昆虫，
沦入混沌的四季，
没有过去和未来，
只有现在，方向却是暧昧的。

披着面纱的死树

在风中颤抖，

它是我路上的伴侣吗？

而青蛙怒吼，

将大地变成无人主持的法庭，

而正义只是得胜者墨镜上

得意扬扬的闪光。

是的，有人过着人的日子，

所以另一些人沦入猪圈。

打扮成慈善家的吸血鬼

在酒会上高谈阔论，

"富贵浮云，一切都是幻象。"

这幻象太漫长、太逼真，

每天浮到餐桌上羞辱我们。

向上的路和向下的路

是不一样的——

执着于这样的认识，

我的心境一天比一天灰暗。

在人们向卡通美女求婚的时候，

在利润的铁钩钩住人们下巴的时候，

我该恸哭，还是赞颂？

活在书的王国里，

活在箴言的寺庙中，

从一个异乡到另一个异乡，

我已耗尽我的心血。

不能再读下去了。

苏格拉底或萨迪，

古罗马的君王

或东方苦行僧，

这些活着的死者

无法让我从苦海中解脱，

因为心智在蛇形道路上崩溃，

因为此岸非彼岸，

因为我在这里耽搁了这么久、这么久，

徒然地摸索门槛上磨损的

前世的光辉，

而翠鸟在大脑深处的峡谷里

不停地打开蓝色的翅膀，

啼叫着，

充满了渴意。

有时我看见那些快活的畜生

冲出栅栏散落在大山隆起的坡面上，

那些温顺的白羊、黑羊，

像珍珠，像花朵，

远离爱与恨、真理与谬误的纠缠。

这是另一个幻象，
高出摩天大楼和日常生活，
高出枯萎大脑里枯萎的地平线，
它甚至不在乎它只是一个幻象，
那么无知，那么甜美，
与干草、露珠和鸣叫的星光
融为一体。
这是心灵深处的图像，
永远不会出现在晚间新闻
和妇女的闲谈里。

我还在读，还在漫步，
挖空心思，
想要变成一个
不能被判决的东西，
比黑猫凶残，
比翠鸟和露水轻盈。
所以你们指着我大喊：
"走开，你不是我们的人！"

1998

雨或者蓝色的月亮

在下雨。
月亮的蓝色像一场瘟疫。
病人簇拥窗前，
看满载牲口的列车缓缓通过——
瑟瑟发抖的畜生目光痴呆，听天由命。

是雨，还是蓝色月亮的缘故？
有人放声大笑，有人号啕恸哭。
这注定是无援的一夜，
这注定是无援的一生。
许多人想起折磨了一辈子的妄念——
他们从未死心。

在下雨。
这是冰凉的吻的药片，
这是来自天上的口信，
——谁也不懂！

1995

潜入他人梦里

我看见士兵
把死狗踢进大海，
我看见救护车里
抬出一个又一个
头缠绷带的人，
而草莓在流水线上熟了，
那么大，那么性感。
而在午夜的住院部，
那些病人从噩梦中坐起，
看着我，一个面无表情的家伙
在他们中间梦游，
手里举着尖叫的闹钟。

1998

"春天是危险的，尤其是"

春天是危险的，
尤其是玫瑰花丛在雨中颤抖，
陌生人丁香蓝的眼睛转向你的时候。
你会接到坏消息的电话，
会被人不怀好意地推进
免费旅游的快车，
你会在大笑之后
突然僵住
……

所以在家里待着，
让书本发霉吧，
让音乐哭泣吧，
让太阳抽干
不正常感情里的水分吧。

这是容易冲动的季节，
这是容易毁灭的季节，
所以，按住那颗
为蠢事跳动的心吧。

你不是蜜蜂，
所以香气四溢的花园
对于你是无用的。
如果你觉得自己病了，
就拼命喝水吧。

你病了，是因为
你吃了太多街头的尘土
和空气中的花香，
这两样东西是无法混在一起
完成你所需要的治疗的。

1998

背后的精灵

鸟儿在电线上梳理羽毛。

露珠在荷叶上滚动。

早起的人，

一公里长的路上都是他光脚走路的

啪嗒啪嗒的声音。

朝霞像裹在邋遢大衣里的新娘，

等着被打开。

你看不见，

这些美好的

接近永恒的东西，

像藏在你背后的精灵，

你无缘看见。

1998

语言的巫师

当人们沉沉睡去，
我偷偷溜进书房，
用刀子挑开字典，
寻找邪恶、寒冷、荒凉的字眼。

我是语言的巫师，
我的话伤害了我自己，
这就是睡梦中我常常
尖叫着跳起来，
看见黑色鬼魅闪电般
穿过门板的原因。

哦，他们沉沉睡去，
嘴角挂着幸福的口水。
我像小丑一样
站在空空的舞台上。
我得一个人拉下帷幕，
吹灭一盏盏灯笼，
去盥洗室洗掉脸上的油彩，
对着窗口溅起的朝霞恸哭。

不远处的狗吠让我陷入恍惚。

我是睡着还是醒着？

我是在人声鼎沸的广场

还是在终年积雪的山顶，

在神庙的废墟里陷入莲花般的沉思？

直到茶炊发出失魂的尖叫，

我才明白，我活着，在夜里，在广州，

我刚刚写下几行漂亮的诗——

没有邪恶，没有寒冷，没有荒凉。

为了它们的诞生，

我使用了大炮、香水

和看不见的兴奋剂。

1998

白发苍苍的时间

去和白发苍苍的时间结婚吧，
交出你的精血和意志。
身体里的弹簧慢慢松了，
你倒是宁愿一下子崩断。

看见一条蛇冻僵在岩石上，
你怀疑那是你自己。
用最快的速度离开吧，
别回头，别看正在裂开的冰湖。

风的围巾从你的脖颈上滑下，
唱了一半的歌曲又咽回去。
让松松垮垮的弹簧
支撑你回家。

冬天的蚊子飞翔，唱着《欢乐颂》。
死去的丛林上，
白发苍苍的时间冲你微笑，
像被你遗弃的新娘。

1998

吸尘器

在肖邦和摇滚乐之间
我开动吸尘器，
感到一股阴沉沉的吸力。
看不见的灰尘
通过塑料喉管
飞进布袋。
我把灰尘倒出来，
哦，那么多!

日子向前滑动，
在不易觉察的时刻
打下那么多死结。
我不停地回头看，
生怕一个小小的结
到头来膨胀成
难以切除的瘤。

整个早晨，伴着户外
突突的电钻和砰砰的铁锤，
我打开从前的日记，
清点我受过的委屈

和我得到的幸福，
我能感到羽毛般轻飘飘往事的
阴沉沉的吸力，
而雨点般快乐的音乐
为我清除剩余的灰尘。

1998

尘世的快乐花园

——仿查尔斯·西密克

贝贝不喜欢夏天。尼克得了
恐水症。阿斌想捅开
所有的保险柜。西尔维亚
四处打听去天国的路径。
白痴对着孔子的信徒训话。
蝴蝶拜访一条丧失了名誉的母狗。
张对王说："四十岁的女人更甜蜜。"
冬冬想炒老板鱿鱼。克里斯蒂娜
是朱虹的另一个名字。趁大家不注意，
胖子又吃一块炸鸡。
蝴蝶拥抱了游戏机里冲出来的
东洋魔鬼。

我从情欲的车间出来，
嗅到快乐花园的热烈香气，
感觉到持续的震颤，
从树冠，到天空。

向今天的太阳致敬！

1996

行走在黑暗旷野里

黑暗旷野里
我在行走。
我没感到孤单，
我不需要安慰。

没有星光，
一切都很明亮，
一切都映现在我心上，
——僵硬的大地，
　　柔软的石头，
　　无声地飞过的
　　幽灵的小鸟。

在广大的死亡中，青草沙沙作响。

唯有绝不惦记不朽的事物
是我所爱的。

1999

Ⅲ　另一个沙漠 |

（2000—2009）

"遥远的星"

遥远的星
一闪一灭。

在冰封的疆土上，
你是温暖的花朵。

虫子在干草堆里
弄出细微的声响，
像一个人正在缩小。

遥远的星——
我给了自己最美的许诺，
必受加倍的惩罚。

2005

"黑夜放出它的长虫"

黑夜放出它的长虫，它的斯芬克斯，
在连成海洋的亲吻上。

我们的愚钝，因无辜而闪亮，
我们的狂热，难以穿透最硬的虚空。

心不在焉的家伙飞快地吃晚餐。
他要处理公司危机，她要参加可疑的派对。

窗外，道路岔开，众树翻涌，似有深意。
而黑夜放出它的野猪，它婴儿脸的怪物，它绵亘千里的黑死病。

2009

"脚下的土地滚烫"

脚下的土地滚烫，
你飞不起来；
头顶的天空摇摇欲坠，
你来不及跳开。

驶向幸福的列车开动了，
喷出白色的烟雾，
上边坐着旧日的女友
和再也不要的行李。

八千里外，
皮肤黝黑的男子们
在池子里用力踩着
紫红色葡萄。

在上海，在纽约，
在巴格达，在瓜达拉哈拉，
歌声从无数人嘴唇上飞走，
幸福的清水和痛苦的沙子，他们默默咽下去。

2000

午夜下班的人

那些总在午夜下班的
是什么人呢?
那些总在午夜下班又没人等他回家的
是什么人呢?

急遽的车灯
是他的玫瑰,
看不见的灰尘
是他的保鲜剂。

他必须活在这样的夜色中,
他必须和别的夜猫子一起
挤进东倒西歪的末班车,
他正和月光一起变成冰凉的灰。

2000

外乡人

躺在人行道上，

眼睛直勾勾望着天空，

他的目光

和大街上任何人都不一样。

我离他一箭之遥，

要么停下来，

问问他怎么了，

要么迅速走出他的视线，

把他扔在那儿。

他悲伤的眼神

大约有一米的光晕，

可以将我灼伤。

发现我在看他，

立即把脸掉过去。

他一定是用了很大勇气

才跑到人行道上

不顾一切躺下来。

眼睛有点湿润，

好像刚刚哭过。

等我走过去，

他一定会将目光重新拉直，

直勾勾，望着天空。

2005

"把光阴挂在嘴上的人"

把光阴挂在嘴上的人
不说话了。
他的大脑里
下着发霉的雨。

决定发生一些事情的人
停下了。
他转动脑袋环顾四周，
直到脖颈酸痛。

一匹马站在马路中央
阻止车辆。
响亮的字母腐烂——
意义蒸发，符号作废。

一只瞎鸟飞过天空，无遮无拦。

2001

名　流

他知道快乐是他喜爱的

冰激凌的颜色，

它的构成是足够的金钱，

足够的性，

一点点类似于轻微牙痛的不适，

一点点不足以摧毁内心的自责。

与贵人结交是必须的，

与蠢人为伍是必须的。

报纸必须看，

每个季节的流行

必须了如指掌。

凸起的肚皮

不用担心，

粗短的脖子

农民的脸

奸商的心

外省的口音

都不要紧。

只需记得每个季度

发表一点

耸人听闻的高论，

或用苦肉计

把自己拖到高原，

脸膛晒得黧黑

——不可能是时尚杂志上

　　海边日光浴的小麦色——

用行动告诉世人：

我的灵魂有两种颜色。

这是他热爱的快乐，

类似于迷魂药，

有着他所喜爱的

冰激凌的颜色……

2005 / 2013

"我看见他们在那边寻欢作乐"

我看见他们在那边
寻欢作乐，
他们也看见我在这儿
可笑地沉思。

如果我能穿透这堵厚墙，
像他们一样穿着花衬衫，
搂着陌生姑娘放声大笑，
我就不会这么困惑了。

鸟儿停止了飞翔，
脑袋插在翅膀下边，
浑水中的鱼儿也安静了，
唯有疯子们的喊叫在耳边轰响。

他们踢自己放荡的影子，
把女孩脑袋按进脏水里，
他们的心中
强压着无名的怒火。

透明的厚墙啊，

我在这里写一本无用的书，
我从来没有为了自己的欲念，
去赞颂世界的卑鄙和黑暗。

2001

人群中的陌生人

我不在乎我是人群中的陌生人，
我蔑视这审判一个男人的皮鞋
和一个女人的裙子的低级习俗。
我嗅到空气中有人使坏的气息。
我和他们在同一条大船上，
我和他们在同一张餐桌上。

我听着肉感的爵士乐，
我喝着稀奇古怪的酒，
我读着费解的维特根斯坦
和粗俗的《笑林广记》，
我从人行道上溜出来，
踏上快乐的羊肠小道。

我和时代有一种暧昧的关系，
我和人群有一种古怪的牵连，
我知道他们听不懂我说什么，
也不明白我要做什么——
我要在炎热的气候里
布置迷人的冰天雪地。

像一头狡黠的狐狸，

一眨眼我就从人群中退出，

躲在远处打量他们的世界。

我看见城市像一轮人造太阳，

吸引了那么多飞蛾向它撞击。

炎热的空气中，

那么多冰块融化——

那是人的脸

正飞快地变成别的东西。

2001

断　片

一

蒙昧之人在等远方的签证。
他在厨房里剁骨头，唱着歌，
他在浴室里洗澡，唱着歌。
蒙昧之人在等隔壁房间的签证。

二

远远的屋顶上坐着一个人。
我看见他在看我。
我们之间没有对话。
我和我那些发黄的书，
和电视上那些真人假人
没有对话。

我的意志写在脸上，
被他看透。
那只是针尖大的一部分。

三

洪水，战争，车祸，诉讼。
那么多人死了，无声无息，

那么多人活着，兴致勃勃。
我们假装和这些息息相关，
真正关心的
仅仅是日用品的价格，
股市像过山车还是像死水，
耳边讨厌的蚊子
和一杯冷饮的化学危害——
眼皮底下的事情
具有永恒的牵引力。

四

我们都见过一只鸡、一头羊
和一群猪发呆的样子。
自从炎热的气候制服大地，
我们也变成那样，
在电视机前、在勾魂的商品中间
呆若木鸡。

二十四小时播放的音乐中，
唯有那位墨西哥老妇悲怆的歌声
刺痛我们的心，
余下的只是光滑的波浪，
不会比木匠和水暖工的敲打
不会比野人上楼的脚步声
更吸引我们的注意力。

痴呆的心、麻木的神经，
那些安插了智力陷阱的游戏有什么用？
我们仍在我们不认识的欲望的控制中啊，
我们仍在我们想要进入的乐园之外啊。

五
雨早就停了，
思想的刀
在冻肉上砍出
小小的印痕。

我把我想要向他们致敬的那些人
留在黑暗的过道里。
我像个混混
已经跟在他们后边
溜达得太久。

许多指望，
许多欲望，
这些眼屎般堵塞视线的东西，
这些粘在一起
最终变成一团雾
一块岩石的东西，
必须砸碎。

六

我到家时天已经黑了，
我看见月亮周围彩虹色的光晕，
这是怎样的预兆呢？

蒙昧之人还在过道里唱歌，
眼巴巴望着隔壁房间的门。
而那些狂妄的家伙
正在为世上的可怜虫
准备标签，制定价格。

七

太多人在"那儿，那儿"的勾引下
来到深渊旁边，
怀里抱满重要的垃圾。
生活给我的教训已经足够，
我不会去苏格拉底
或六祖慧能那儿
请教应对的技能，
我不会伪装成云杉，
与夜晚的星星调情。

我在沙发上睡着了，
恍惚中听见有人向我发问：
"如果你心中没有一个海伦，

怎么这个年纪还在写诗?"

我很惭愧——
我心中没有海伦,
没有绝对的完美。

八

我听见空气里热烈的内心独白——
那么多驴唇不对马嘴的抒情,
那么多令人惊悚的招供,
几乎可以触摸到
他们的衣服、头发和气味。
但在颜色更暗的潮汐中,
在不立文字的判决中,
他们头冲下,
被什么样的激流
染成了什么颜色?
被什么样的恶人
什么样的谶语
吓破了胆?

这么多聪明人,
这么多心机,
这么多失败,
这么多难过,

难以中止，

不可收拾。

九

隔壁的门突然打开，

一头温柔的小鹿走过来，

脑袋指向过道尽头，

"那儿，那儿!"

我冲到过道尽头，

一只小鸟在窗台上，

红红的嘴巴指向大街，

"那儿，那儿!"

我笑了。

周围的人惊愕得张大了嘴巴。

他们不知道我同时活在另一个世界，

一个凭空捏造的世界。

我是一个魔术师，

一个吞火者，

一个把荒漠变成花园，

引来全世界的小鸟的怪人。

这使我快乐，也使我悲伤，

我悲伤，因为无人与我分享这样的神奇——

在他们看来，梦完全是无用的东西。

2001

我家附近的风景

几家发廊紧挨在一起，
像等待挑选的姑娘。
紧挨发廊的是理发店、木工房，
食品店、五金店，
川菜馆粤菜馆湘菜馆。
电器维修部的柜台上
放着永远卖不出去的黑白电视。
我的梨子、我的西瓜
我的扳手、我的铁钉
我的啤酒、我的香烟
我的抽水马桶配件
都是在这里买的。
还有一家暧昧的洗浴中心，
挂着某某公司的招牌，
每当深夜，门口停满小汽车。
还有一家旅馆，从来没有客人。

有一次，我看见一个比巩俐还要美的美人
跟在三个瘪三后边进了那家旅馆。
我看见他们在前台开房，
我看见那个猪头男人掏出皮夹子。

我有一种冲上去把她抢下来的冲动，
一种扛着她在午夜的街上狂奔的冲动。
我没有冲上去，没有把她抢下来。

还有一次，我看见那家旅馆门口
一伙人用脚猛踢，用砖头猛击那个躺倒在地的男人。
我没有冲上去，没有把他救出来。

有一天，外地老板圈了这块地。
他拆了那些发廊，又拆了五金店和木工房，
他拆了理发店，又拆了食品店和电器维修部，
他要盖几幢花园洋房。
一夜之间，姑娘们不见了，
西瓜、啤酒和福利彩票不见了，
只留下那家洗浴中心，挂着某某公司的招牌，
每到深夜，门口停满小汽车。
只留下那家旅馆，从来没有客人。

他开工了，速度惊人。
空地上放了一些雕塑，
其中一件是一对抱在一起的恋人，
女孩踮着脚与男孩亲嘴，
跟马路边穿校服的学生
一模一样。

2003

"有人推开下水道井盖"

急救车开过去了，
马路陷入寂静。
有人推开下水道井盖，
露出两只眼睛。

他看见杨树和梧桐全都绿了，
他看见早晨的大街空无一人，
他听见自己的心跳
是这个世界唯一的声音。

他在那儿犹豫——
要不要出来？
要不要回到快乐的人世？
他在那儿紧张。

这时清道夫的扫帚到了，
按住他脑袋，
把他推下去，
把井盖合上。

2003

习惯性皱眉

你对你看见的一切皱眉。

城市，在你的大头鞋下边——
这油滑的畜生，
这坚硬的无情。
雨水，轻盈地洒在城南的屋顶，
但在城北，一切都是干燥的，
姑娘们光着上身坐在阳台上，
嘴里含着吸管。

到了夜晚，珠江两岸的灯火
让你想起一望无际的油菜花，
但这一点都不能让你快活。
你甚至想不到
要把囚禁在黑暗中的美放出来：
纳博科夫的蝴蝶
和陌生女孩的相片。
你们在互联网上认识，
她说要见你，
说你很像那个让她伤心的男人。

飞在空气中的滚烫的尘埃

是未来的疾病。

现在它还没有力量把你打倒，

现在你还有勇气

对你看见的一切皱眉。

而在你看不见的地方，

姑娘们光着上身在阳台上发呆。

她们看着楼下的街道、汽车

和许多人在包厢里饮酒作乐的夜总会发呆。

谁会因为她们乳房轻盈的晃动

和悬挂在老楼上方的鹅黄色月亮而战栗呢？

在你看不见的地方，

雪下在棉花收割后的黑土地上，

天桥下边，紫罗兰闪着星星点点的光，

而在学院空荡荡的操场上，

有人念着卡瓦菲斯的一行诗，

"岁月是怎样消逝啊！"

2001

"我看见我起身，离开"

喧嚣的尘埃缓缓飘落。
我那些优秀的同伴正在水龙头下
把他们的灰头土脸洗干净，
把欲望的旗帜卷起来，放进地窖。

我看见我坐在大河边，
把鞋里的小石子倒出来。
我有点发抖，
像受到某人的斥责。

我不会迷失在精美的商品中，
像岛上的白杨迷失在大雾中。
我听见离别的汽笛，
我感到轮船撞击码头的震颤。
我看见我起身，离开，不知所终。

2001

"你不能在人群中叹息"

你不能在人群中叹息，"岁月啊！"
那会惹人发笑。
你不能捧着一束玫瑰穿过整个街区
而不把它献给某人。
你不能在人们为速度迷狂的时候
慢吞吞走来走去。

陌生的力量在阴影中繁殖。
这散发出硫黄味的阴影！
这有着无数尖刺的阴影！

你不能在人们飞往纽约巴黎的时候
骑着一头毛驴去金色的撒马尔罕！

2005

"黄金从我身边飞快地走过"

他们从我身边飞快地走过，
冷酷的城市女郎，
东张西望的乡下人，
不会阅读我的诗歌。

运钞车迎面驶来，
警察荷枪实弹，
仿佛他们押运的
是可怕的死刑犯。

黄金从我身边飞快地走过，
污水河在桥下缓缓地流淌，
不会阅读我的诗歌。

我走着，一直在走，
不知道去干什么。

2005

"锁上这扇门，我不会回来了"

锁上这扇门，
我不会回来了。
把痛苦和疯狂锁在里边，
我不会回来了。

我不为这落叶般战栗的时刻焦虑，
野猪从窗外跑过。
我不会被烧焦的往事熏成疯子，
燕子飞进蓝天。

大街上的孩子我不认识。
在我忧郁地漫步的人行道上，
他们快乐地尖叫，
闪电般消失在蓝色的树荫里。

也许我还会回来，
像一个老人回到垃圾山。
我会闻闻那些疯狂和痛苦，
纵然它们的气味早已消散。

2003

降 低

哦，生活，
三尺乱发!
两寸油腻!
无论怎样清洗，
也难回到
从前的清澈。

再也没有了，
梦中的神来之笔!
再也没有了，
梦中的勇敢和温存!
我将神圣降低了，
我将心降低，
站在糊涂虫的队伍里，
抢购一文不值的废品。

2009

"只要转过身，面对她而不是他们"

我还没见到我满头白发的苍老形象，
我与冰冷的青铜而不是芳香的百合在一起，
依然有力量在光滑如蛋的世界的面孔上
凿出小小的窟窿。

早就停止了。
我听见有人疯狂地喊叫。
不是我。

有人拍拍我肩膀，
问我要不要把身上的灰拍掉，
要不要进屋，冲个热水澡。

天啊，我只是站错了位置。
只要转过身，面对她而不是他们，
只要抱住百合而不是冰冷的青铜……

很久以来，
我像一块石头，
面朝可憎的方向，
被人念了魔咒，

动弹不得……

2005

上　路

给你一张车票，

然后，你

上路吧。

你不会看到更多的瞎子聋子和哑巴，

不会看到更多的歹徒乞丐和无赖。

他们没买票，

列车长不让他们上来。

2005

"你说你爱那些穷人"

你说你爱那些穷人
你不爱
你爱的是爱穷人的信念
实际上
你不可能和他们住在同一屋檐下
在蟾蜍的聒噪中安睡
将烧焦的红薯咽进肚子……

2006

"低处的花是黑色的"

低处的花
是黑色的。

低处的盐
闪着光，
刺目的光……

仰望太久，
筋疲力尽。
那些伪装的星星
再也不能将我收买。

2007

所　以

所以他读诗，写诗，
从未留意市场行情，
所以他昼伏夜行，
提前衰老，
所以他结婚，
不再照镜子，
浑身大汗气味熏人，
回家用香皂拼命洗，
所以他失去耐心，
一天天肥胖，惊慌，
所以果子砸在地上，
谁也吃不成，
所以他使劲笑，
使他的脸变形，
所以别人阳光普照，
他雨雪交加，电闪雷鸣。

2005

乌黑的海

行驶在乌黑的海上，
发呆的人蓦然发现——
他的下巴掉进海里！
"也许旅行箱里还有备用的。"
他的冷静令人吃惊。

行驶在破碎的海上，
总有人酩酊大醉，
总有人暴跳如雷，
总有人弹起忧伤的吉他。
哦，眼泪，眼泪，
尽管是在一张丑脸上，
总让我们想起——
我们是人，尽管有点变态，
我们是人，纵然更像虫子。
无情的海，乌黑的海
喧嚣，翻滚，无休无止。

行驶在恶臭的海上，
所有的旅客上吐下泻，愁眉苦脸。
这事你要在我爹妈那儿瞒着，

我给他们写信的时候，
从来都煞有介事地把我的日子
描绘得很精彩很风光的。

2005

"就连海也退到远处"

就连海也退到远处。
炎热闪耀着白金的光芒，
那总也不肯愈合的伤口
已经失去耐心。
就连最孤单的树也退到山上。
岩石的卫兵风化了，
风化了就没有伤口了。
有时我们像着魔的动物，
随着音乐的节奏起舞，
我们倒掉喝了一半的酒，
把等了一个晚上的公狗气死。
就连大地也退到远处。
我们在小小的玻璃房子里，
瘦小，黝黑，
挤在一起比独处更孤独。
四周是一小块一小块
闪耀着白金光芒的炎热，
而历史之母飞快地产卵，
在无辜的白纸上。

2008

穿过夏天

我们正与石油、清水、焦灼的轮子
年迈的母亲、街上的陌生人
和紧握遥控器的孩子们一起
穿过这个夏天。

花的香味，肉体的香味
在纹丝不动的炎热中腐烂。

那么，让那败坏我们血液的恶行
那致命的疏远和陌生
那见不得人的怪癖
也在这浩大的炎热中腐烂了吧，
与无花果、生病的毛驴
和来不及拆卸、装在大卡车上运走的超级市场
一起腐烂了吧。

如今，黑夜已不能宽慰我们，
如果它不够清凉，不够湿润。

我们的床像火山口，
一个人的汗水滑向另一个人的身体，

但这并没有让他们亲昵起来，
他们反而躲得更远。

而星星，像一滴滴清水，
正对我们烧焦的眉毛。

2003

十　月

整整一个月没有一滴雨。
我们用难闻的自来水
漱洗口腔里的怪味。
我们激烈的身体
还没按季节的指令
变得轻柔，缓慢。

黑暗中，亢奋的机器的大军
正把大地的血液和油脂抽干。
而在早晨的地图上，
没有一个地点不是被肮脏的钻头
刺破了心脏的。

蔚蓝再度显现。
是最后一次吗？
天空升得更高了，
携带我们无法看见的果实。
它不想等着我们把它变成一张
布满癣疥和油污的狗皮。

这是秋天，

阳光把肯德基和壳牌加油站
照耀得特别美丽，
把丑陋的建筑和邋遢的人
照耀得更丑陋，更邋遢。

这是秋天，
虚弱的身子还在出汗，
有人开始说胡话，
有人用小刀刮掉脸上
土里土气的釉，
有人走在去医院的路上，
更多的人原地发呆，
反常的心像一面镜子，
映现反常的世界
——一头年迈的爬行动物，
怎么也不能脱掉那层
多刺、多鳞、皱巴巴的皮。

这是十月，
狡黠的岁月的软骨
卡在我们的喉咙里。
这是十月的黄昏，
我们不会邀请落日和露水
来参加我们的派对。
在没有出口的河流上，

我们无法算计剩余的岁月。

没有一滴雨，
所以姑娘的眼睛
纸一样干燥，
我们的手
树皮一样粗糙，
而音乐发出一辆断了脊梁的大卡车的
咔啦咔啦的声音。
黝黑的树站在街心花园，
像高大的极端分子，
要将这极端带到冬天，
带到我们不知道任何细节的
下一个春天。

2001

天凉了

傍晚等车，
我发现只有我
穿着 T 恤。
空气微寒，
我拎着两包书回家，
像小贩拎着没卖完的货。
不是萨特、弗洛伊德、海德格尔，
而是老子、杜甫、苏东坡。
转了一大圈，
又回到老熟人中间。

2003

"有人飞跑，追赶蓝色彗星的尾巴"

有人飞跑，
追赶蓝色彗星的尾巴。
有人躺在草坪上，
一动不动。

机器飞快地运转，
文字飞快地显形，
飞鸟划出优美的弧线，
嘲笑苦熬的笨蛋。

有人在洗澡，
拼命擦身子，
自从污水漫过大街，
他就觉得自己不干净。

这一年病毒在空气中弥漫，
这一年黑客在全球攻城略地，
这一年操盘手手忙脚乱，
这一年四十岁的悬崖来到我脚下。

我向飞跑的人投以微笑，

我向躺在草坪上的人投以微笑，
我向拼命洗澡的人投以微笑，
我向病毒、黑客和操盘手投以微笑，
我对脚下的悬崖说，欢迎你。

2003

二十年前

这憔悴的青年，
这深陷的眼窝，
这倔强的嘴角，
这乌黑的卷发。

他会转过身来
握住我的手吗？
他会说，啊，
怎么变成这样？

他在深谷行走，
身边没有姑娘，
也没有酒店，
没有校园，
也没有球场。
他和我走的，完全是反方向，
他不会回过头来，冲我挥手。

2003

另一个沙漠

我在荒凉的西北生活了九年。有一天，我坐上南下的火车，五天五夜，过河西走廊，过兰州，过西安，从洛阳向南，过武汉，过长沙，来到中国最繁华的城市。原以为稍做停留，没想到驻扎下来，像一个汉子稀里糊涂入赘。这一次，像上一次一样，我没听到任何召唤。这件匪夷所思的事没有任何先兆。我没觉得我到了天堂，也没觉得我下了地狱。我吃惊的是，为什么我要从一个沙漠，穿过八千公里，来到另一个沙漠……

我在荒凉的西北生活了九年，
我在飞雪、岩石和葡萄树的绿荫中生活了九年，
我在白羊、骏马和漂亮的毛驴中生活了九年，
我在虔诚的信徒和烂鼻子的败类中生活了九年，
我没见过那么美的贫穷、那么美的空旷。
但在我最爱的黑宝石的瞳孔中
我只是幽灵般的影子，
一个终究要离去的过客——
她没挽留我，
没向她的父亲、她的族人痛哭，
没让太阳变成黑色，
没让月亮裂开——
于是我离开……
来到另一个沙漠，

闭着眼睛住下，
到现在已经八年。

……
现在我要说说这里，
我的话不会那么中听，
对你们奉为天堂的地方
我没有一句赞美。

……
到处挤满了人，
像黑色的沙子，
被经济的风暴刮得满天飞，
有些人要飞到午夜，
才慢慢落到地上。

与寒酸的小书店米粉店隔了八条街，
雄伟的证券交易所是他们的教堂，
他们在那儿祈祷，在那儿决定
爱情的颜色和孩子的数量。

我在这万头攒动的大城
变成一个孤陋寡闻的人。
我不知道
中午，那么多信息上了人们的餐桌，

夜里，那么多晦气和我们一起上床。
我读不懂他们的圣典，
大屏幕上瞬息万变的数字
像外星人变魔法。
我不知道图书馆在哪条街，
不知道音乐厅在演什么，
有时我什么也看不见，
我被黑色的沙子迷住了眼睛。

陌生人迎面走来，
"你就是那个还在写诗的怪人？"
话音未落，他已经和一架波音飞机一起
消失在天空。

我不知道今年流行什么款式的裙子，
不知道姑娘的领口开到多低最时髦。
我看见一些乳沟和许多小腿，
我看见那个喜欢说"我什么都不在乎"的女孩
上了一家著名杂志的封面。

老熟人迎面跑来，
穿着紧身衣，手拿网球拍。
三年前她到我们单位卖保险，
她最大的本事就是不让任何人讨厌。
"明年移民加拿大。"

"小张还在你们公司吗?"

"小张是谁呀?"

她像一头小鹿一样跑开了,

酒桌上,我傻乎乎问小王,

"你说,广州像不像沙漠?"

"你说什么?广州?沙漠?"

他瞪着我,好像见到火星人。

"你知道吗?中天广场全国第一,

十年前还是菜地。

外国人都说现在广州跟纽约一样漂亮呢。"

他端着一杯马爹利跟姑娘们寻开心去了。

几百辆小汽车停在二沙岛,

有人轻声念着车牌号——

"粤 A5898,粤 B6888。"

当我再次念叨起"沙漠",

才发现身边一个人都没有了。

沙子,沙子,午餐里的沙子,

床上的沙子,床上黑色的沙子。

他们在半空中飞,

怀抱着公文包、填好数字的彩票

和不断涂改的梦想,

他们也在不断涂改他们的德行,

而仅有的几个博学的傻瓜
像刺目的吐火罗文，
像雨中的残篇断简，
像没人要的垃圾股，
在角落里闪着忧郁的光。

几个博学的傻瓜，
迟钝、懦弱，
不敢说：我，沙漠中的绿洲！
委屈在他们胸口撞出一个洞！

我是我心中的沙漠，
我是医生摸不到的疾病，
我听见录音机中的鸟鸣和清泉，
我的泪水在眼眶里打转。

这泪水
这仅有的柔情
立即被沙漠吸去，
留下我，挥动麻木的手臂，
向一个不存在的旁观者告别。

2001

"太多的分析让世界一片模糊"

太多的分析
让世界一片模糊，
走在阳光中的人
好像走在雨里。

一团可疑的雾
在旗杆上颤动。
混乱没有骨头，
只有扯不断的筋。

我们把躯体留在屋里，
离开了一会儿。
你走得最远。
你回来的时候，
那边下起大雨。

这里没有港口，
没有出发，
一切都在原地，
一团蠕动的硬东西。

这里没有哭泣，

问题成堆，只好放下显微镜。

太多的分析让世界长满胡须，

覆盖了鼻子嘴巴和眼睛。

2008

"缓缓流淌着，我的生活"

缓缓流淌着，我的生活，
笔直向前，如柏油大道，
没有一丝意外。

但在美丽的外表下边，
在纯洁的微笑、光滑的皮肤和宁静的睡眠下边，
是数不清的疤痕、痛楚和毁灭，
是放弃责任后的冰凉的感情，
是远离爱情后的可耻的骄傲，
是一粒种子变成烟灰，
是一次漫长的瞭望变成一声短促的呜咽。

缓缓流淌着，我的生活，
没有信仰，也没有为信仰而准备的
热烈的嘴唇。

"但是我没有办法！"
在冷风中，
在十字路口，
我听见一个女人对一个男人哭诉。

疾驶的车把灯光

打在他们身上，

加深了他们的绝望，

也加深了我的绝望……

2000

粉碎的泪水

早晨醒来，
地板上那么多
粉碎的玻璃。

雨停了。
温热的空气是一具庞大的
发烧的身体。
万物的舌头
停在空中。

我以为我已抵达远方，
没想到还在原地，
惊愕地看着地板上
粉碎的泪水。

2006

"生命的鼓点松弛了"

生命的鼓点，松弛了，
生命的树皮长出黑瘤子。

世上的很多门，突然关上，
世上的很多人，突然不说话，
生命的河流，有人在桥上走，
在吱吱嘎嘎的桥上走。

我已经很久不看天空了，
尤其是在夜里，
尤其是在很多人突然不说话的
黑如锅底的夜里。

就没办法让自己高兴一点吗？
伟大的诗歌已经完成，
尽管不是我的手笔。
伟大的建筑耸立在那儿，
尽管在我长久的蔑视中
已经变成怪物。

生命的鼓点，松弛了，

松针的清香，消散了，
我们的手是不是正在变成树皮，
变成皱裂的树皮，
让我们放声大哭？

2006

撕　裂

这是爱和不爱全都无声无息的一年，

没有风，但棋盘上白子黑子

都在移动。爱和不爱，

两股相反的力量

将你撕裂。

两列迎头疾驶的列车

到跟前又擦肩而过。

爱中的不爱

不爱中的爱

将你撕裂。

你开始疯跑，

把倒下的旗杆一一扶起，

但它们不停地倒下。

这是磨盘越来越重的一年，

你的相貌发生惊人的变化……

2006

"很久以来"

很久以来

你不相信

你不相信世上的一切

唯独相信你自己

很多年后

你相信世上的一切

唯独不相信你自己

这是怎么发生的

你并不清楚

太多的教训

未必每次都是

毁灭性的棒喝

更多的时候

只是大雨点

和小雨点

敲着你的额头

你沉闷的额头

更多的时候

是比风更轻盈的东西

牵住你的衣角

现在

就连最轻的牵扯

也能被你感觉到

这懒洋洋的

拒绝刺激

和怂恿的肉体

是你的

但你再也不会相信它

你的纪念碑

是灰色的雾

在松枝上

在台阶上

在你看见的一切事物的

皮肤上

变幻不定

2008

深夜，一首送来的诗

一只小虫从窗口飞进来，
被我一巴掌打在地上。
它在墙角的废纸堆里
窸窸窣窣，
像幽灵在吃东西。
用了十分钟，
终于翻过身子，
突然，直升机般
垂直上升，
飞到高处，
箭一般俯冲，
眼看撞到我眼睛，
又倏地掉头，
斜斜地
从窗口飞出去⋯⋯

2005

袁中郎到我这个年龄

袁中郎，袁中郎，
你说人过四十就该放下功业，
另做打算。

袁中郎，袁中郎，
到我这个年龄，
你已放下一切。

想到还要在人间
鬼混多年，
我不禁浑身战栗。

2005

"我们的光并非来自我们的身体"

如果我们只是一个简单的愿望，

如果我们走路时眼神低垂，

而不是仇恨地瞪着远方，

如果我们的大脑只超出小鸟一丁点儿……

我们的光并非来自我们的身体，

我们的愿望多如恒河沙砾，

我们的生命终将萎缩，

而眼下，眼下欲望正在膨胀……

如果我们只爱着光明，

只需要清风，

而不是狂热地喊出自己的名字……

如今我们只能用最小的酒杯

品尝善意、怜悯和勇气，

用最大的酒杯

啜饮离别、恶意和悲伤。

我们害了软骨症，

在大地上站不稳，

不能像小鸟一样

在空中划出美丽的轨迹，

只能在大地上留下可笑的，

疯癫的羽毛……

2007

写出和帕拉一模一样的一句诗

肯定啦，我的膝盖在发颤
我梦见我的牙齿全都掉光
而我出席一个葬礼迟到了
　　——尼卡诺·帕拉

六年前我写过一模一样的一句诗，
"我梦见我的牙齿全掉光"，
我们的担心，我们的恐惧
一模一样。
这位大洋彼岸的老人
我从未留意，
今天读了他朴素的诗，
我感到他衰老的身体
他难以抹去的忧虑
重叠在我身体里，
使我变了模样。
当恐惧和我们重叠在一起，
我们的模样一定吓人。
唯有幸福和我们重叠在一起，
我们才能好看一点。

2009

"青草仍在生长"

青草仍在生长，
岩石尚未风化。
我们无法用倒下的方式站立，
无法证明我们的哭泣与欢乐等价，
无法把坍塌和倾斜当作幸福来储蓄。

深处的蝉
不停地尖叫。
它不知道无边的炎热中
萎靡的心
正被妄想勒死。

青草仍在生长。
岩石已经风化。

2007

"太阳尚未震怒"

太阳尚未震怒，
太阳尚未震怒。
毒蛇的绿宝石眼睛
反射出小小的歹意。

作为孩子，
我们已经太老，
作为长者，
心中尽是与威严不相称的
猥琐与狡黠。
呵呵，每天早晨，
我们不都以为
把胡子刮干净
把秘密的番号亮出来
就万事大吉了吗？

我们仍在征服，
我们仍在前进。
这么多新享受，
这么多新快乐，
就连肉体的震颤

都有了新的含义。

太阳尚未震怒，

太阳尚未震怒。

我们六神无主，昏昏睡去，

又在暴戾的喇叭中醒来。

我们的房子，我们的钱包

比我们更怕劫匪。

气象诡异，

不是太热，

就是太冷，

就像我们失控的

心灵，就像我们

泥鳅般的意志。

死寂下边的轰响

我们假装没听见。

我们假装没看见

脚下的大地

已经倾斜。

来把我们的心换掉吧，

来把我们的梦洗干净，

呵呵，这囚禁广袤无边，

正好安放无边的欲念。

太阳尚未震怒，

太阳尚未震怒。
榆树叶子闪光，
像从前一样。
后视镜中
绿宝石眼睛里的
小小歹意
我们不放在心上。
让胆怯的家伙迷信吧，
我们的意志坚如磐石，
纵然它矗立在泡沫上。

愤恨是多余的，
祈祷是多余的，
从早到晚，
我们实在
分身乏术。
我们不属于任何过去，
我们不听从任何未来，
唯有利润
唯有利润的铁杖
可以驱遣我们。
呵呵，让妇人和孩子
多愁善感吧，
从早到晚，
从广州到上海，

从人肉到煤炭，
从股票到牛奶，
我们实在
分身乏术。

我们不会把机票退掉，
去和你们讨论核电站，
我们去伦敦，去巴黎，
去纽约去东京去慕尼黑，
参加五花八门的交易会。
我们的下巴刮得干干净净，
我们的西装无可挑剔。

太阳尚未震怒，
太阳尚未震怒。
我们太爱这个
胸部填满硅胶和广告
幽灵般高速运转的世界。
大地隐隐震动，
火山仍在冒烟，
我们被烈焰所逼，
退到几公里以外，
在冷气充足的办公室里
喝咖啡，读报纸，
看名流的笑话——

这恰到好处的调料，
这勾兑得极微妙的
金子般的美酒。

太阳尚未震怒，
太阳尚未震怒。
重大决定已经签字，
所有的磐石
都变成水中的面包。
快要登顶的冒险家
又退回深谷。
欲望的大牢里关了太多好汉，
而我们从容不迫，逍遥法外。

大地隐隐震动，
鸽子惊惶不安。
看！毒蛇，
它转动的绿宝石眼睛里
陡然硕大的火焰!

2008

"唯有清澈的孩子可以教育我们"

蜡烛不会一直燃烧，
如果我们的心灵一直潮湿，
如果我们的心愿变成古怪的三角形。

我们的祈祷已经失去效力，
我们的祈祷不会让任何事情发生。

我们的嘴唇已经干枯，
我们的藤蔓在虚空中飘。

风是热的水是咸的，
而我们什么都不能拒绝。

我们说过的话堆成垃圾山，
我们流出的泪成了滞销品。

唯有孩子们是清澈的在他们变得古怪以前，
唯有清澈的孩子可以教育我们，
在我们被神圣的尺度变成垃圾以前。

2007

"鸟儿的鸣叫那么欢畅"

太多疑问堵在喉咙里，
太多硬如卵石的疑问，
太多炽热如火球的疑问。

有时黑夜竟是透明的蓝色，
超过我们的理解，
我们的期望。

在渐渐宽敞直抵无限的黎明中，
鸟儿的鸣叫那么欢畅，
好像昨天的悲剧
仅仅是供应给怪看客的
一场表演。

2007

Ⅳ 与那个最不像诗人的家伙喝一杯

（2010—2018）

大地的脉搏

这是大地羸弱的脉搏，
在所有大树倒下之后，
在所有山脉推平之后，
在所有水系枯竭之后。
这是它浮肿的面孔，
已经不能称为面孔。
这是它深陷的眼窝，
千千万万的陨石坑。
这是它残损的躯体，
布满化学和工业的伤痕——
这是奄奄一息的母亲，
孤悬在铁红色夜空。

2013

"寒冷击打我们"

额头锈迹斑斑，
双手早已僵硬。
道路缩进裂缝，
月亮不见踪影。
原地打转的小汽车
如京剧幽灵。
寒冷击打我们!
谴责我们!
折断的宝剑运回道具库，
残忍的戏还要演下去。
此刻，唯有青菜、萝卜
和铁钩上的肉
在抒情。

2010

"现在是冬天"

现在是冬天，没有信号的冬天。
妇女在楼顶晾衣服，悄无声息，
菜市场的冻鱼瞪着漆黑的眼睛，
万物沉默，沉默得像拔掉了舌头。

现在是冬天，面无表情的冬天。
高速公路挤满了小汽车，
这些彩色的甲虫闪着妩媚的光泽。
朋友不见踪影，犹如鱼群沉入水底。

女乞丐挺着大肚子出现在天桥上，
"急需六块钱车费回佛山。"
我掏出一百块给她，
她立即站起来，倒退着离开。

想起那个每天必须打一百个电话的人，
我就很累，很烦。
我不会走出去跟人握手，
提出建议，恭听忠告。
现在是冬天，缩进自我的冬天，

万物沉默，沉默得像拔掉了舌头，
我们还是少说为妙。

2010

"冰冷的海彻夜吠叫"

黑夜无尽地升起——
它有一张布满星星的麻脸，
它有一颗裹满沙砾的心脏。

离我房子一箭之遥，
冰冷的海彻夜吠叫。

黑熊用它的花岗岩脑袋
撞击我的门，我的窗，彻夜不停。

冰冷的海暴跳如雷——
雪白的鬃毛，
宇宙的神兽，
不知道什么叫终有一死。

2014

落　日

谁在落日的寒光中
听到无边的寂静？
谁在阴影逼近时
聪明地缩成一团？
玻璃幕墙上的火光
刺瞎谁的眼睛？
谁敢让不朽这个词
在舌尖停留一秒？
你听见吗，听见吗，
空气中轻微地折断？
什么正在死去？
什么即将诞生？
你看见吗，看见吗，
那些长着鱼眼睛的球体
漫过大桥，被夜色碾碎？

2013

苦　水

谁能从浩瀚的苦水里解脱，
如果没有一个严厉的导师
将情欲和贪婪的恶鬼
从他躯壳里打出去？

谁能从茫茫大雪中逃逸？
悲剧的碎屑，悲剧的钻石
无情地抽打每个人的脸。

掉入冰窖的人会爬出来，
爬到新工地的脚手架上。
哦，给他时间，
让他朝温暖的家看一眼。

他感到奇异的火热，
感到他赤贫的一生
要在这工地上打发。
恍惚中他看见野狗跃向空中，
扯下铁钩上的肉！

2013

在文明的细雨中养成了好脾气

他们在死河钓鱼，
钓别人放生的鱼。
他们在银行门前排队，
他们牵着宠物狗在林荫道漫步。
聪明的狗，转过身子，
谄媚地举起前腿。
他们在文明的细雨中养成了好脾气，
他们相信唯有同意别人才能保住自己，
他们不许自己胡闹并且对别人的胡闹不屑一顾，
他们知道世界末日不过是处境悲惨者的谣言，
他们想到自己有罪于是到市场买了很多活鱼
去死河放生。
他们相信自己足够聪明能绕开致命袭击——
从未悲悯的心里突然涌出悲悯，
从未流泪的眼里突然涌出泪水
从未忠诚但是突然开始忠诚——
都是算计过的，
一分不多，一分不少。

2012

更多的人

两个人嗑瓜子看电视，

一天过去了。

一家三口嗑瓜子看电视，

一天过去了。

一下雨菜就涨价。

一下雨膝盖就疼。

更多人在平原上，在矿井里，

更多人在流水线上，在摩天楼的绝壁上，

除了前边那位的脊背和屁股

什么也看不见。

更多人把这一切当作老天的赏赐，

没有怨气，没有仇恨，从不嘀咕。

怎样神奇的法术

将他们的苦熨得那么平，

没留下一道褶痕、一点污迹？

而我们嗑瓜子看电视，

一天又一天过去。

一下雨菜就涨价，

我们就大喊大叫。

一下雨膝盖就疼，

我们就对自己

生出那么多

那么多的

怜悯。

2010

太　晚

现在要从绝不回头的人流中抽身离去
已经太晚——
他们和早年痛恨的魔王签了协议。
现在要发明一个新的天空已经太晚，
要发明至高的蔚蓝已经太晚。
大冰融化，空气发烫，
群山被房地产商踏为平地，
而我们从地球动身，去火星旅行，
我们这些昨天还用酒瓶盖刮鱼鳞的野人。
天空浓烟滚滚，
人们戴着口罩。
他们的容貌相互冒犯，
他们的心愿里藏着卑污，
这绝不影响他们朝着同一个方向
大步迈进，绝不回头。

2012

世　界

哦，捕蝶的男子，
哦，射虎的女杰，
哦，长胡子的交际花，
哦，虎背熊腰的冒险家。

多如恒河沙砾的悲欢离合，
也许仅仅为了一首诗，
一首花岗岩般雄浑的诗，
一首露水般无用的诗。

多少次我在诗篇中取消我，
多少次我将镜子转过去，
而无论在哪里，
我都与自己狭路相逢。

我的犁还没碰到泥土深处，
我的年轮还没被利刃斩断，
我的记忆是满载废物的卡车，
我要把它掀到悬崖下边。

太热了，我的血，

太热了，我的心，
太油腻，热烘烘的世界，
太遥远，我渴望成为的我！

多少次，我凝望月亮，
我知道无穷远的地方
有个人和我一样
凝望它，
和我一样
沐浴在它的光辉中，
所有的愤恨
所有的凶狠
都变成月光。

哦，黑心的男子，
哦，刻薄的女人，
哦，聪明的男女，
哦，愚痴的男女，
每个人都发过誓愿，
每个人都忠于那个
伟大的变色龙。

多少次我试图和你们在一起，
又总是悲愤地离开。
多少次我想改变我自己，

那完美的，人的模型
是从谁那儿传到我手里？

我听见奇异的声音从我嘴里冒出来，
不像说话，倒像奇怪的朗诵，
我看见自己热情地握住一双手，
我看见另一个我在一旁直摇头。

我的犁废弃在角落里，
我的年轮古怪得令人吃惊。
我在书本中虚度的光阴
将我变成心高气傲的旁观者。
我知道解决之后仍须解决，
无望之后还是无望。

多少次，我做了，等于没做，
我说了，等于没说，
我爱了，被爱折磨。
唯有羞愧在我脸上
在我的文字里
犁出那么深
那么深的
刺痕。

2013

"吸入最多的光，他们通体漆黑"

那些直到天亮才肯躺到床上的人，
那些月亮尚未落下已经起床的人，
那些手里拿着树枝和空口袋的人，
那些将他们的好运藏在帽子里的人。

广阔世界何其狭窄！
走到哪儿我都会遇到他们！
吸入最多的光，
他们通体漆黑！

我不会玩两个人的手在袖子里搏斗的游戏——
在袖子里搏斗并且面带微笑。
于是我穿过人群，躲开他们。
于是我走向大海，而大海早已无影无踪。

2013

光杆司令

我们以为消逝的是别人的光阴，
打碎的是别人的珍宝，
实际上我们的光阴早已溜走，
像争先恐后的逃兵。

二十岁我们骄傲得像公鸡，
对于可怕的亏空毫无觉察。
三十岁我们在生命半山腰，
眼睛盯着上方，没有半点慌张。

四十岁来了，
五十岁也快了，
我们惊出一身冷汗，
像押运货物的人突然发现
丢了几节车皮，
像司令官集合队伍，
发现操场空无一人。

2010

"可怜我兜里只剩几个碎银子"

可怜我兜里只剩几个碎银子，
不知用它买什么。

罗马和巴黎，我去过了，
欲望的滋味，我尝过了，
权力是什么？我不屑一顾，
艺术是什么？我又笑又哭。

我去过僻静的小巷，
寻找别处没有的真理和药物，
如今我知道，还是最初的东西最好。
我去过蛮荒的无人区，
后来才发现，在那儿我根本活不下去。

可怜我兜里只剩几个碎银子，
甚至不够用来哄小孩。

酷寒的冬天过去了，
冰冷的春天也要过去。
夏天的热浪、夏天的汗
已经和我的窗台一样高，

它们就要跳进来，

抱住我的脖子！

2018

"下一站海德堡"

下一站海德堡，德国食品安全考察。
不是你们渴望独占的深邃口吃的海德格尔。
你们的选项总是怪，总去貌似无人问津
其实人山人海的课堂，而那大名鼎鼎的智者
说的都是无人明白的黑话。你们当然
不会脸红，对一知半解的事情，
对影子的影子，芝麻的芝麻，
只要代表高级你们就猛扑过去——
你们当然不会犹豫。

下一站那烂陀，你们去欧洲，去德语区法语区
去大革命断头台取经去西马总部实习，
我们跟随玄奘，去阿育王供养的荒凉圣地，
去请教那令国王放下武器
令人畜五体投地的智慧。
简单的智慧，连蚂蚁都可领悟。
下一站水稻原种繁育场，我叔叔在那儿
半辈子，他在食堂掌勺，
不掌核心技术。他们供应最好的稻种，
现在他们的早饭中饭晚饭里
都有他们不知道的微量金属。

2018

真正的明月

何时有过完整？
何时有过洁净？
何时有过圆满，
如天上的明月？
耳边掠过的
是残垣断壁上
悲凉的秋风，
握在手中的
是苍老的兽毛
和月光的熔渣，
而真正的黑豹
真正的明月
在必有一死者眼中
轻盈地跃过。

2013

"这是我的帽子"

这是我的帽子，
散发着我的气味。
这是我的法语课，
我已多年没有理会。

当你说再见，
请别说 Adieu，
我会以为你在说爱。

我就是这么一个傻子呀，
在梦里逍遥，在人世苟活。
我看见多少聪明人死去，
一小时前，他们还在镜子般
照出他们风度的劳斯莱斯旁
抽烟，说话，放肆地笑。

这是我的帽子，
有时它可以用阴影
遮住我的尴尬，我的恐惧；
这是我的法语，
我已多年没有亲近。

当你说再见，

请别说 Adieu，

我会以为你在说爱。

2013

眼　镜

衣服太旧，
不买新的。
斧子太钝，
不想磨快。
眼镜坏了，
不配新的。
摘下眼镜，
突然发现用不着，
他什么都能看见！
那些看不见的，
可以求助鼻子
或者大脑，
并且他想都不想
就告诉大家
黑暗里藏着什么。
他听见内心很多声音在笑，
他知道那是谁。
他什么都能看见反而很麻烦，
他什么都不想看见除非是梦中看见的
无人认识的飞鸟、游鱼
和一个名叫鲁米的波斯人。

2012

孤单的鹰不需要太多词汇

你不可能比玛丽·奥利弗写得更多，
你不可能比保罗·策兰写得更好，
你不可能在只有黑鱼精的泥塘里
钓到鳟鱼。

勇敢是容易的，
如果只是嘴上谈谈。
爱是容易的，
如果你从未明白它的含义。

悬崖边上，
一只孤单的鹰在飞。
它不需要那么多的词汇，
只需要一双
比刀子犀利的眼睛。

2013

"去了那么多地方，还没遇到我师傅"

读了那么多书，
还没遇到我师傅。
那么好的风景
那么好的宁静
都是别人的，
与我没有关系。

去了那么多地方，
还没遇到我师傅。
我知道他不是教授，
不戴黑框眼镜。
我知道他宁愿在菜地
与虫子和泥土嬉戏，
也不愿把光阴虚掷在
喋喋不休的争论上。

也许他在铁路线上卖萝卜，
也许收入为零让他很高兴，
也许他在我每天经过的市场裁玻璃，
两手漆黑，不许讨价还价。
淹没我们的洪水，到他那儿拐个弯，

乖乖流向别处。

那么多觉悟之书
没让我觉悟，
那么好的山水
那么好的宁静
都是别人的，
与我没有关系。

一切都让我分心，
一切都让我牵挂。
有时我让自己慢慢走，
以为可以发现真理。
有时我把自己关进黑屋子，
与看不见的神亲近。
我听见他在街上笑，
我知道他笑的是我。

2013

看不见的导师

教导我吧，看不见的导师，
教会我在黑暗中看见，听见，
进食，求爱，
感觉到粗糙和细腻，
吞咽下辛辣和甜蜜。
教会我别怕自己胆怯，愚蠢，
在淅淅沥沥的黑暗中，
别怕跌倒，赤裸，出洋相。
教会我拿起，放下，
当巨大的轮子碾过来，
教会我把它看作一朵
正在盛开的莲花。

2013

坏　诗

一首又一首坏诗

在我们眼前列队走过，

有的穿着小丑的服装，

有的将时髦涂在脸上。

有的用拙劣的汉语，

有的用娴熟的英语。

有的把自己打扮成老农

说着不伦不类的废话，

有的被李后主和卡夫卡附身

疯疯癫癫，升天入地。

有的写玉米，写不存在的村庄，

有的写民主，写机器，写城市的乌烟瘴气，

有的在角落里意淫，

一副心满意足的模样，

有的在自己身上开个口子，

五脏六腑让人看见。

有的轻微脑震荡，

有的撒娇咩咩叫。

每首诗都有一根隐秘的红线

牵在主人手里。

他们在堤岸上，在观众席上

看着自己造出的玩意儿

在大庭广众下出丑露乖，

在激流中露一下脑袋便永远消失，

免不了难过一阵子。

明天，后天，

下个月，下下个月，

他们又会旧病重犯，

在书桌上，在电脑前，

把僵死的名词动词形容词

组装在一起。

一首又一首坏诗

在我们眼前列队走过，

这样的演出永无休止。

而时间是一头巨鲸，

它的肚子里

放得下一首又一首坏诗，

它的肚子放得下全世界的坏诗。

2013

诗　人

更多的诗人失业，
更多的诗人涌现，
在铁轨上，在麦穗上，
在落日铁锈色的光芒中。

诗人敲门，无人开门，
诗人问路，无人指路。
铁轨左侧，是面瘫的交通，
铁轨右侧，他们的爱人匆匆赶路。

诗人去教书，孩子们不知道他说什么，
诗人给时代号脉，发现脉搏如此强劲，
诗人向富人求援，得到几片红薯叶子，
诗人与诗人决斗，围观者不到一打。

向自己的影子求爱，
向自己的心诉说，
跪在尚未命名的大神脚下，
痛斥自己的堕落。

更多的诗人涌现，

那深夜蓦然惊醒的人，

那到了目的地掉头而去的人，

那在镜中看到自己是小丑的人。

在时代坚硬的颧骨上

在时代锋利的肋骨上

不停地跌倒，

不停地狂笑。

铁轨左侧，瘫痪的大城，

铁轨右侧，离去的爱人。

铁锈色的光笼罩一切，

手机发出古怪的鸣叫仿佛宇宙深处光秃秃的大鸟。

2013

"你必须在活着时涂改到妥妥帖帖"

你必须在活着时涂改到妥妥帖帖，

无人助你一臂之力，

除了伟大的死者，

他的音调像吉祥的云

永远在前方引领你。

你必须反复涂改直到神来之笔

凌空显形，直到箭镞

穿透粗糙的现实——

要掀开多少爱和文件的垃圾

才能看到稍纵即逝的灵光！

书架最深处伟大的小诗人，

你会写出和他一模一样的杰作，

不是镌刻在青铜上的箴言，

而是庸人婚礼上热情的废话，

渔人码头近乎傻瓜的咒骂。

你必须像憋尿一样

急匆匆离开伪名流的盛宴，

与那个最不像诗人的家伙

去没有诗歌只有情欲的小酒馆喝一杯。

从头到尾，你们不谈文学
不提本月的幸运儿，仅仅是
一杯完了再来一杯——
仅仅因为老板娘的胸脯
比注满硅胶的时代伟大。

2018

别

别在晚上吃盐。

别贪恋他人的妻子。

别将身体和灵魂分开。

如果最初它们是分开的，

别将它们合在一起，

让它们各走各的路。

谈话别抖腿。

别将银子储蓄到死。

别害怕股市你的头发和身子不在里边。

别永远说不。

别渴望成为他人的神。

别信那个长得像告密者的人。

别让墨水瓶一直打开，

如果心中一行诗也没有。

别把诗看得高于一切。

眉毛并不高于鼻子，

只是看上去高一点。

别给北岛写信，

他没时间回你。

别向时间索取更多的时间，

给你的已经足够你用。

别嫌空间狭窄狭窄的是你的心。
别问国王为何你的客人越来越少，
别对他说，你的最后一个客人
是死神，他的嘴唇比你的还红。
别在晚上吃盐，
你要多活几年。

2013

迪金森

不要去阿默斯特找她，
不在那儿。
不要在拙劣的汉语中读她，
不在那儿。
在你的情欲中找她，
在你的虔诚中找她，
在你对死亡的恐惧中找她，
在你对上帝的怀疑中找她，
在你的绝望和信心中找她。
去空间和时间中找她，
去停止的钟摆后面找她，
去没人爱没人娶的女人那儿找她，
去浑身冰冷的怀疑论者那儿找她。
她藏在漂亮的隐喻中，
她的箭头同时指向生与死，
这使她绝不同于那些因失恋而自焚的蠢女人，
绝不同于那些自以为真理在握的蠢男人。
不要去阿默斯特找她，
恰当地读，精准地听，
你四周的阳光、空气、鸟鸣和闪光的阴影
都是阿默斯特……

2013

仿博尔赫斯

有一些伟大的诗篇，
我藏在密室里，
找不到了。
有几个神奇的国度，
火星般遥远，
再也无法踏足。
有一些女人，她们的美
让我战栗如风中的树叶，
再也无法触碰。
有一种疾病在五百米外，在千里之外
让我们中的某一位
三十九岁受尽磨难。
有一种世界尽头
长在所有人身上，
除了小鹿般轻盈的女孩
和豹子般无畏的男孩。
下个月我五十了。
此刻，高高的阳台上，
我看见时间将我的诗歌撕成碎片，
抛进茫茫黑夜，
犹如一场悲痛的大雪。

2013

"壁橱里还有一瓶威士忌你喝吗亨利?"

这么多干果你一个人吃不了吧亨利?

拿去吧，我对干果没兴趣。

壁橱里还有一瓶威士忌你喝吗亨利?

别动我的威士忌。

车库里有一台割草机。

我最好留着它。

我出十五块。

好吧拿去吧。

那辆车开了四年了你还要吗?

我要留着它。

我出五十块。

我要留着它。

他们全走了，

给我留下车子、冰箱、火炉

和一卷卫生纸。

2013

"而苹果树永远是美的"

激动有一张难看的脸，
而苹果树永远是美的，
无论开花，结果
还是光秃，
无论离我们多远。
闪电掘出的树根永远是美的，
而种子游到多远的地方！

2012

"一只老鼠跑不动了"

我看见灌木丛中
一只老鼠跑不动了。
我跺脚，喊叫，
它还是待在那儿。
它老了，病了，跑不动了，
在被人们驱逐这么久之后。
我转身进了一家超市——
这里的面包和饮料
穿制服的售货员
和进进出出的学生
都被灯光
照成淡淡的紫色。

2013

客厅里的蟋蟀

一个小小的精灵
在我的客厅里叫，
犹如绝美的录音！

不邀自来的客人，
在看不见的角落
弹奏无名的欢乐，
她的身体是小小的
伟大的乐器。

我给她拿来饭团，
我给她端来水.
她不吃，不喝，
明显没有兴趣，
只是固执地叫，
将四四方方的屋子
变成不知时代为何物的田野。

天真地叫着，
犹如绝美的录音。
很快就不见了，

再也没有回来。

2010

"和阳台上的绿萝一起伸个懒腰"

和阳台上的绿萝一起

伸个懒腰，

看见一架又一架飞机

在天上飞过。

我那飞来飞去的朋友

说不定就是飞机上的一名乘客。

他不会在小桌板上为客户做文案，

不会看窗外的蓝天

或云海，就像此刻

我不会看新闻联播，

不会看街上的人流车流。

天上没那么拥挤，

只有白云，没有纷争，

只有蓝天，没有市场，

却不值得羡慕——

值得羡慕的是飞机上要两份盒饭的人——

对难以下咽的东西

永远有人甘之如饴。

2018

一丈以外青草和石头的气息

肉的气息，
脂粉的气息。
我喜欢你痛哭，
我喜欢你轻轻地哭。
我喜欢雨水在一丈以外，
我喜欢一丈以外青草和石头的气息，
我喜欢脂粉和肉的气息如果它们很淡，
我喜欢睡着以后而不是醒着的时候
欢喜压倒惶恐的每分每秒，
我喜欢醒着的时候而不是睡着以后
光明与黑暗对垒的每时每刻。
我喜欢你笑而你总是哭，
为电视剧里的假人——
而他们总是让我笑——
胭脂和悲剧后边
他们不知道自己是谁。

2018

如　果

如果一只麻雀飞到窗台上，

如果空气中闻到竹子的清香，

如果电梯里的女人散发她自己

而不是化妆品的气息，

如果河水清澈见底，

如果我和你

为古老的巴格达和撒马尔罕

为智慧的《蔷薇园》和热血的《鲁拜集》

而不是单位里的钩心斗角

而不是亲属间的恩恩怨怨

促膝长谈到天亮，

如果这座城市还有一间屋子，

里边也是两个人，

他们不争吵，不做爱，不看滑稽剧，

仅仅是出神地看着阳台上飞来的一只麻雀，

仅仅是着魔地谈论开花的仙人掌和清晨的露水，

仅仅是痴迷地阅读第十四版有关晒延人的短文，

把头版大餐晾在一边，

远离那些人模狗样

谈论足球、石油、GDP和人类尊严的家伙，

如果我们真的明白什么叫视金钱如粪土视名利若浮云，

如果我们一次也不提到灵魂和永恒，

如果一只麻雀飞到我们手上，歪着脑袋打量我们……

2010

后　记

这部诗集的时间跨度为 1990 年至 2018 年——骇人的二十八年！空间、气候与文化的跳跃和迁徙同样令人震惊——从广袤神奇的新疆到很久不能适应的广东，从最冷时的零下三十多度到一年长达四五个月的暑气蒸腾、湿热缠身，从各民族通用的新疆话，从单位、街头和电视中的维吾尔语、哈萨克语、蒙古语、锡伯语、柯尔克孜语到无处不在的白话、潮州话、海丰话、雷州半岛话和广东普通话，从烤羊肉、拉条子到艇仔粥、炒河粉，从一个神仙般的闲人变成一个忙碌并且焦虑的媒体人……

　　我的诗歌却从来没有发生颠覆性的变化。我相信我从来没有陡然变为另一个诗人，也没有渐变为另一个诗人。我也不想变为另一个诗人。但这不意味着我不求变化，不意味着这么长的时间里我没发生变化。

　　古米廖夫说，"我和你不是同一种人。/ 我来自另一个国度……"（古米廖夫《我和你》）布罗茨基说，"艺术是抗拒不完美现实的一种方式"。（布罗茨基《诗歌是抗拒现实的一种方式》）希尼说，"我写诗 / 是为了认识自己，使黑暗发出回音"。（希尼《个人的诗泉》）赫伯特说，"诗人与自己的影子扭打在一起"。（赫伯特《关于特洛伊》）

　　我当然不会用古米廖夫那样的口吻说话，但诗人的确活在另一个国度，或者说终生都在去往另一个国度的路上。这秘密的血统从来不是他的护身符。在人群中，在俗世里，他总是格格不入，有挫败感，不耐烦。他回到他的书房，回到阅读和孤独，与迟钝和口吃交战，与尘世和自己的影子扭打在一起，好让时代在他身上发出回声，以他的创造"抗拒不完美现实"。运气好的话，"不完美现实"会在他身上激发出惊人的能量。

第四辑里有几首与诗歌和诗人相关的诗,那首《坏诗》的最后几行,打发了这个时代坏诗的惊人总量给我们带来的心理上的不适。

一首又一首坏诗

在我们眼前列队走过,

这样的演出永无休止。

而时间是一头巨鲸,

它的肚子里

放得下一首又一首坏诗,

它的肚子放得下全世界的坏诗。

第一辑中的《观察乌鸦的十三种方式》受到史蒂文斯的影响。第二辑中的《尘世的快乐花园》形式上模仿了西密克的一首诗。第四辑中的《仿博尔赫斯》灵感源自博尔赫斯,《"壁橱里还有一瓶威士忌你喝吗亨利?"》截取了布考斯基小说集《邮差》里一个短篇的细节。

每首诗标明的写作时间都是初稿完成的时间,除少数作品外,大多有所修改。

尽管有那么长的时间跨度,但这仍然只是一部诗选,并非近三十年的一次总结。抽屉里还有一些作品——让它们等待它们的好运吧。

2019 年 2 月 25 日

杨　子

诗人、诗歌译者、资深媒体人。南开大学读书期间（1980 年代初）开始诗歌创作和诗歌翻译，在国内和美国、英国、加拿大发表大量诗歌，作品收入多部诗选。

代表作品

诗集

《胭脂》

《给你的信》

《唯有清澈的孩子可以教育我们》

译诗集

《曼德尔施塔姆诗选》

《费尔南多·佩索阿诗选》

《盖瑞·斯奈德诗选》

《西奥多·罗特克诗选》

《查尔斯·西密克诗选》

当代艺术专著

《艺术访谈录》

有度文化

Books
北岳好书

唯有清澈的孩子可以教育我们

——杨子诗集（1990—2018 年）

出 品 人｜续小强　　选题策划｜刘文飞　　责任编辑｜左树涛

复　　审｜陈学清　　终　　审｜古卫红　　印装监制｜巩　璠

项目运营｜有度文化·刘文飞工作室

投稿邮箱｜liuwenfei0223@163.com　　　微信公众号｜bywycbs1984

微　　博｜http://weibo.com/liuwenfei0223